Winnie y Wilbur

WINNIE
patrulla

La señora Parmar

El dueño de la tienda

Los pequeños ordinarios

La doctora Vruja

El gigante Jerry

Para Jenna - K. P.
Para mi querida mamá,
Christine Jennings - xx

WINNIE
patrulla

Título original: *Winnie on Patrol*

© 2010 Oxford University Press, por el texto
© 2010 Korky Paul, por las ilustraciones

Traducción: Sandra Sepúlveda Martín

Publicado originalmente en inglés en 2010. Esta edición se ha publicado
según acuerdo con Oxford University Press

D.R. © Editorial Océano, S.L.
Milanesat 21-23, Edificio Océano
08017 Barcelona, España
www.oceano.com

D.R. © Editorial Océano de México, S.A. de C.V.
Homero 1500-402, col. Polanco
Miguel Hidalgo, 11560, Ciudad de México
www.oceano.mx
www.oceanotravesia.mx

Primera edición: 2018

ISBN: 978-607-527-441-6
Depósito legal: B-17256-2018

IMPRESO EN ESPAÑA / *PRINTED IN SPAIN*

9004520010718

LAURA OWEN & KORKY PAUL

Winnie y Wilbur

WINNIE
patrulla

OCEANO travesía

CONTENIDO

¿Quién es QUIÉN?

WINNIE
patrulla

La carrera de
WINNIE

¡**Crash!** Winnie azotó la puerta
y tiró sus compras al suelo.

—Wilbur, ¿dónde estás? ¿Wilburrrr?

Wilbur estaba tumbado bajo un cálido rayo
de sol, detrás de la máquina de espaguetis de
gusano. Abrió un ojo y lo cerró de nuevo.

—¡Wiiiiiiillllbuuurrrr! —gritó Winnie.

Wilbur dio un gran bostezo. Se estiró
todo lo que pudo y suspiró.

—¡Wilbur! —Winnie lo levantó
y lo abrazó—: Adivina qué, Wilbur

Wilbur alzó una ceja.

—¡Hay una divertida carrera esta tarde,
y es de disfraces! ¡¡Habrá premios!! Ooh,
¿qué seré, Wilbur? ¡Algo hermoso-precioso
y maravilloso!

Wilbur puso los ojos en blanco.

—¡Abracadabra! —dijo
Winnie, y en un instante estaba
vestida de sirena.

—¡Necesito el peine que está en mi  tocador! —dijo Winnie.

Pero las sirenas no caminan muy bien. Y son aún peores para correr.

¡Tropieza-cae-cataplúm!

—¡Rayos enroscados! —dijo Winnie, sobándose el codo—. Necesito un disfraz para alguien que usa mucho sus piernas. ¡Ya sé! ¡Abracadabra!

Al instante, Winnie se transformó en
una bailarina y giró y giró y giró sobre
las puntas de los pies, hasta que…

¡Plaf!

—¡Diablitos daltónicos! —dijo Winnie, sobándose la pierna—. ¡Esto tampoco funciona!

Wilbur se llevó una garra a la barbilla y pensó. Finalmente, alzó la garra.

—¡Miauu!

—¿Qué dices, Wilbur? ¿De qué debo disfrazarme?

Wilbur señaló un cuadro en la pared que mostraba a un guapo caballero y a una princesa.

—¡Buena idea! —dijo Winnie—. ¡Abracadabra!

11

Y ahí estaba Winnie con armadura.

¡Clang! ¡Tropieza-cae-cataplás!

—¡Auch! —dijo Winnie, sobándose la cabeza—. Eh… ¿o te referías a la chica, Wilbur?

—¡Miau!

12

¡Abracadabra! Al instante Winnie estaba vestida como princesa.

Listones y volantes, encajes y crinolinas, todo rosa.

—¡Oh, creo que me gusta éste! —dijo Winnie—. ¡Seré la más bonita de la carrera! ¿No lo crees, Wilbur?

—Mmm —dijo Wilbur.

—¡Ganaré el premio al mejor
disfraz tan fácil como estornuda un elefante
friolento! Y quizá gane el premio
de la carrera también. Así podría poner
un trofeo en cada extremo de la mesa.
Me pregunto si podré correr
con este vestido…

Winnie dio un paso de prueba.
Luego otro. Luego corrió alrededor
de la habitación.

—Es perfecto para correr, pero debo asegurarme de tener suficiente energía para correr más rápido que los demás. Necesito una bebida energética.

Winnie encontró una botella de agua de estanque y le agregó un frasquito de pipí de garrapata.

—Pero esto no tiene mucha energía. Quizá debería comer alimentos energéticos.

¡Oh, ya sé qué me ayudará a ser
más rápida!

Winnie bajó un jarrón de un estante muy
alto. Mezcló uñas de guepardo con aceite
de nave espacial y las machacó hasta
conseguir una pasta apestosa. Se tapó
la nariz y tomó una cucharada grande.

—¡Guácala! —dijo—. ¡Es tan asqueroso que seguro hará una gran diferencia!

Y en unos momentos sí hizo una gran diferencia: logró que fuera muy rápido... ¡al baño!

Cuando Winnie salió de ahí no parecía lista para correr a ninguna parte.

—¡Me siento muy débil! —lloró Winnie—. Wilbur, ¿cómo voy a ganar la carrera?

Wilbur ayudó a Winnie a llegar hasta la pista de carreras. Winnie trató de calentar un poco corriendo en su lugar; sus rodillas chocaban con su barbilla. Pero sólo fue un momento. Luego colapsó jadeando.

—Oh, Wilbur, ¡estoy tan cansada! ¡No puedo correr! —De pronto, Winnie sonrió—. ¿Y si tuviera unos tenis que corrieran por mí? Wilbur, ¿soy genial o qué?

—Miau —dijo Wilbur.

—¡Abracadabra! —dijo Winnie, apuntando su varita rosa de princesa a sus zapatos de princesa y... ¡zap!

18

Al instante, sus zapatos se
transformaron en unos rápidos
tenis súper ultra deportivos.

—¡En sus marcas! —dijo el juez
de salida—. Listos… ¡FUERA!

Y todos salieron disparados al mismo
tiempo con sus disfraces… excepto Winnie,
que iba mucho más adelante.

¡Boing-boing! ¡Salta!

—¡Guau! —gritó Winnie—. ¡Estos tenis son lo mejor! ¡Miren qué rápido voy!

Pero los tenis tenían mente propia. Sacaron a Winnie de la pista. La llevaron corriendo a través de los arbustos. La hicieron chapotear sobre los charcos. La condujeron a través de pacas de paja.

—¡Miau! —la llamó Wilbur mientras
Winnie desaparecía en la distancia.

El tenis izquierdo debió ser más fuerte
que el derecho, porque Winnie corría sobre
un gran círculo. Wilbur se rascó la cabeza
y dijo:

—"¡Miau!"

Tenía un plan. Wilbur encontró a Jerry
entre la multitud y lo llevó a pararse con
los brazos abiertos en medio de la pista.

—¡Miau, mrrrau! —le dijo Wilbur a Fachas.

Fachas ya sabía lo que tenía que hacer.
Así que esperaron.

Mientras tanto, Winnie cruzaba corriendo el mercado de verduras.

¡Bang! ¡Plas! ¡Splat! ¡Toing!

—¡Auxilio! ¡Jadea, jadea!

Winnie corrió por el mercado de ropa.

¡Rasga! ¡Enreda! ¡Ups! ¡Jadea, jadea, jadea!

Pero los tenis de Winnie seguían corriendo y corriendo… de vuelta al lugar donde empezó la carrera. Y ahí estaba Jerry con los brazos extendidos.

¡Umpf! Winnie chocó directo contra Jerry. Los tenis de Winnie seguían corriendo, pero Jerry alzó a Winnie del suelo. Y luego Fachas y Wilbur atacaron un tenis cada uno.

—¡Grrrr!

—¡Jissss!

Jalaron y jalaron hasta que consiguieron soltar los tenis de los pies de Winnie, y los escupieron. ¡Pfff! Los tenis salieron corriendo solos. Seguro que todavía siguen corriendo. Entonces Winnie pudo pararse de nuevo sin ir a ninguna parte.

—¡Oh, me tambaleo como una gelatina de baba de caracol! ¡No quiero dar un paso más en mi vida! —dijo—. Tráiganme una silla de ruedas, ¿sí?

Los corredores iban de regreso y los nombres de los ganadores se anunciaban por el altavoz.

—¡La ganadora al mejor disfraz es la Bruja Winnie por su convincente vestido y maquillaje!

—¡Hurra! —gritó la multitud.

—¡Oh! —Winnie se alisó el cabello—.
¡Estoy tan sorprendida como una liendre
que gana el premio de mejor mascota!
¡Ven conmigo a recoger el trofeo, Wilbur!

Wilbur ayudó a Winnie a cojear hasta el
podio para recoger un enorme y brillante trofeo.

—Aquí tiene, señora —dijo el hombre—.
Bien merecido por su convincente disfraz
de espantapájaros.

—¡Espanta…! —comenzó una indignada Winnie, pero Wilbur rápidamente le tapó la boca con una pata y la bajó del podio a rastras.

—Bueno —dijo Winnie mientras Jerry la cargaba de vuelta a casa—. Prefiero ser un impresionante espantapájaros que una más en una manada de princesas rosas.

—Miau —convino Wilbur.

WINNIE

La mandona

Winnie se sentó con las botas sucias sobre el sofá, regando palomitas y verrugas fritas, a ver un programa de televisión.

¡**Scritch-rasca-risca!** Wilbur rascaba alegremente un lado del mismo sofá. Sus garras rompían la tela y sacaban el relleno.

—¿Ves eso? —dijo Winnie—. Ese hombre está enseñando cómo hacer que una habitación

se vea nueva e interesante moviendo
un poco los muebles de lugar. ¡Vamos
a intentarlo!

Winnie saltó de su lugar y derramó
su refresco de pepinillo por todo el sofá.

—Movamos la mesa grande hacia
la ventana —dijo Winnie.

Winnie empujó.

—**¡Fiuf!** Vamos, Wilbur, ¡dame una pata!

Entonces Wilbur también empujó,
pero la mesa no quería moverse.

¡Raspa-scriiiii! ¡Puff-jadea!
hacían Winnie y Wilbur. La mesa rayaba todo
el suelo por donde pasaba.

—¡Oh, rayos, mira eso! —dijo Winnie—.
Pásame ese tapete, Wilbur.

Wilbur y Winnie pusieron el tapete sobre
las marcas, pero, **¡tropezón-plas!**

31

—¡Ese malvado tapete me tiró a propósito!
—dijo Winnie.

¡**Humf!** Winnie sacó su varita.

—Si todos los muebles creen que pueden
portarse como se les dé la gana, lo mejor será
que estén vivos y se muevan solos! ¡Casi todos
tienen patas, así que pueden caminar hacia
donde yo les diga!

Winnie agitó su varita. ¡Abracadabra!

Al instante, los muebles se irguieron.

—¡Así está mejor! —dijo Winnie—.
Bueno, ahora, sillas, pónganse alrededor
de la mesa. ¡Vamos!

Un-dos-tres, las sillas del comedor
marcharon en orden hacia su lugar bajo la
mesa.

—¡Brillante! —dijo Winnie—. ¿Dónde está la cera de oreja de elefante?

Winnie puso la cera y un viejo chaleco sobre la mesa.

—¡Encérate, por favor, mesa! —dijo.

Una de las patas de la mesa subió por la lata de cera. Otra se apropió de la tela. Y a continuación la mesa se enceró a sí misma como una persona que se cepilla el cabello.

—¿Qué más les pedimos que hagan? —preguntó Winnie.

Fue de habitación en habitación.

—Cama, ¡tiéndete!

La cama de Winnie tembló y vibró,
y todas las cobijas se acomodaron
a la perfección.

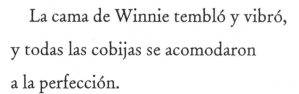

—Cortinas, ¡ábranse!

¡Suish-sush!

—¡Ja jaa! ¡Otra vez! —dijo Winnie.

¡Suish-sush!

—¡Esto es divertido!

Abajo de nuevo, Winnie ordenó:

—Sillas, ¡hagan un baile irlandés!

Las sillas salieron de su lugar bajo la mesa. Se alinearon en una fila. Sus brazos bajaron a sus costados y sus patas comenzaron a bailar en su sitio.

—¡Bravo! —celebró Winnie.

Winnie y Wilbur se unieron al baile.

—Perchero, ¡baila música disco!

Y lo hizo.

—¡Ja jaa! —rio Winnie—. ¿Ahora qué?

Wilbur señaló el viejo sofá destartalado.

Así que Winnie le dijo:

—Sofá, baila un cha cha chá.

Las gordas patas del sofá destartalado

trataron de bailar, pero no lo hacían bien.

—¡Miii ji ji jiau! —rio Wilbur.

Hubo un estruendo entre los muebles.
El sofá destartalado gruñó.

—¡Oh, mira! —dijo Winnie.

El sofá destartalado se estaba
poniendo morado. Resoplaba
y pateaba el piso con sus patitas y agitaba sus
bracitos gordos. De pronto, corrió
hacia Wilbur.

—¡Jisssss! —gruñó Wilbur y salió
corriendo. Se trepó al tocador y se escabulló
tras las cortinas, que trataron
de atraparlo. Saltó a la mesa, pero sus
garras resbalaron sobre la cubierta encerada,
y ¡oh, oh! la mesa se tumbó de espaldas y
atrapó a Wilbur con sus patas como
si fuera una araña y Wilbur
una mosca.

—¡Miau! —se quejó Wilbur.

—¡Oh, Wilbur, el sofá está molesto contigo porque lo rasguñaste! —dijo Winnie.

Pero el mueble estaba molesto con Winnie también. El sofá destartalado fue tras sus piernas a toda la velocidad, y cuando la alcanzó la obligó a sentarse. Luego rodeó la cintura de Winnie con sus brazos rechonchos.

—¡Ooh, auxilio! ¡Sillas, ayúdenme! —gritó Winnie. Pero las sillas sólo se cruzaron de brazos.

—¿Armario? —dijo Winnie. El armario le dio la espalda.

—¡Oh, por favoooor! —lloró Winnie—. ¡Prometo que nunca más los obligaré a hacer algo en contra de su voluntad!

El sillón destartalado la soltó.

¡Fiuf!

42

La mesa soltó a Wilbur.

Pero el banquillo fue hacia la puerta
y la abrió. ¡**Crriiiiiic!** Entonces,
la televisión, la tina, la cama, las sillas, la mesa,
el perchero, los roperos y todos
los demás salieron marchando por
la puerta y se fueron.

—¡Abandonaron la casa! —gimió Winnie.

Winnie y Wilbur se sentaron en el piso
y cenaron con las manos y las patas
porque los cubiertos se habían ido
con el trinchero.

—Tendremos que dormir en
el suelo con las cucarachas y las
hormigas —dijo Winnie— será
una noche cosquilleante.

El piso estaba duro. El piso estaba
frío. Los bichos les hacían cosquillas.

45

¡Suspiro! **Retuerce.** ¡Auch! **Golpe.**
¡Miau! **¡Rasca-pica!** ¡Suspiro!
Ni Winnie ni Wilbur podían dormir.

—¿Sabes? —dijo Winnie—. Me gustaban
nuestros viejos muebles así como
estaban. ¡Qué tonta fui!

46

De pronto, se escuchó un **¡bang-bang-bang!** en la puerta principal.

—**¡Wiiinnniiieeee!** —gritó el timbre.

—¡Auch! ¡Ay! —Winnie se levantó con dificultad y caminó rígidamente hacia la puerta. —¡Siento como si yo misma estuviera hecha de madera! —gimió Winnie.

¡Crriiiiiiic!

Abrió la puerta. Y entraron marchando la cama, la televisión, la mesa, las sillas, la tina...

—¡Hurra, hurra, hurra! —dijo Winnie, aplaudiendo—. ¡Bienvenidos a casa! ¡Oh, aquí está mi hermoso sofá favorito!

¡Jissss! Wilbur saltó al marco de la ventana.

—¿Qué los trajo de vuelta a casa, mis amigos muebles? —preguntó Winnie.

El perchero apuntó hacia afuera. El exterior estaba frío, oscuro y mojado por la lluvia.

—No es agradable —aceptó Winnie—. Bueno, acomódense donde gusten y yo los devolveré a su antigua forma.

49

—¡Aaah! —suspiraron los muebles, que se acomodaron felices. Algunas cosas acabaron en lugares muy extraños.

—¡Abracadabra! —dijo Winnie. Y todo quedó en silencio.

—¿Miau? —preguntó Wilbur.

—Sí, ya puedes bajar —dijo Winnie—. Y podemos acostarnos en una cama de verdad, aunque la cama esté en la cocina. ¡Incluso si la cama está mojada! ¡Y arrugada! ¡Y llena de hojas!

¡Auch! ¡Y haya una familia de puercoespines anidando en ella!

Pero Wilbur encontró algo mucho más suave, seco y caliente donde dormir. Era la panza de Winnie. Se tumbó con una sonrisa y la masajeó con sus garras mientras ronroneaba.

—¡Auch! ¡Ahora sé cómo se sienten los muebles! —dijo Winnie—. ¡Guarda esas garras, Wilbur!

¿Quién es
QUIÉN?

Winnie estaba haciendo unas compras.
Le dijo al dueño de la tienda:

—Quiero seis pastelitos rellenos de mocos,
por favor, y un ratón de azúcar para Wilbur.

—El gato no puede entrar a la tienda
—dijo el dueño.

—¿Qué? —preguntó Winnie—.
¿Por qué no? Wilbur va a todas partes
conmigo.

—Porque no es higiénico —contestó el dueño—. ¡Mira esas huellas!

—Oh, yo puedo arreglar eso —dijo Winnie.

—¡Abracadabra!

—¡Oh! —murmuraron los demás clientes, porque Wilbur de pronto flotaba sobre el suelo.

Un hombre de traje señaló a Winnie.

—¡Es… es una bruja! —exclamó, y salió corriendo de la tienda.

—¡Mira lo que has provocado! —exclamó el dueño—. ¡Me hiciste perder un cliente!

—Sólo un hombrecillo tonto —dijo Winnie—. Todos en el pueblo ya saben que soy una bruja.

—¡No te quiero ni a ti ni a tu gato en mi tienda nunca más! —dijo el dueño—. ¡No quiero complicaciones! Sólo quiero clientes normales.

—¡Eso no es justo! —dijo Winnie.

—¡Fuera! —dijo el dueño.

55

Winnie y Wilbur pegaron la cara a la vitrina de la tienda para ver todas las cosas que no podían comprar porque no eran normales.

—El problema es... —dijo Winnie—

...que no sé cómo *no* ser una bruja.

—Miau —concordó Wilbur.

—Pero tal vez... —dijo Winnie de pronto con una sonrisa tan grande como una

banana—. ¡Tal vez podemos aprender a ser normales!

—¿Miaaau?

—Necesitamos que una persona normal venga a quedarse en casa. Así podemos estudiarla e imitar lo que hace.

Winnie eligió una habitación vacía, húmeda y polvorienta para alojar a una persona normal. Agitó su varita:

¡Abracadabra!

Al instante había una suave y mullida cama, lindas cortinas de telaraña y un jarrón con plantas venenosas en el buró.

—¡Precioso! —dijo Winnie.

—¡Prrrrr! —dijo Wilbur.

—Bien. Ahora, ¿puedes hacer un cartel, Wilbur?

Wilbur metió una pata en un bote de pintura y escribió con cuidado:

WINNIE'S
Hotel, desayuno
Cama cómoda
$13
MÁS 13% IVA
Deliciosa comida
SÓLO SEÑORITAS NORMALES
KY ΘΗΡΑ

Pegaron el cartel en la entrada. Luego esperaron. Y esperaron.

—¿Crees que sea el precio lo que los ahuyenta? —preguntó Winnie.

Entonces Wilbur escribió "GRATIS" en letras grandes sobre el cartel.

WINNIE'S
★
Hotel, desayuno
GRATIS

Luego esperaron de nuevo, y esperaron un poco más.

—¿Quizás escucharon que soy una bruja y no les gustan las brujas? —dijo Winnie.

—**¡Rriiiinnngg! ¡Wiiiinnniiieee!**

—gritó el timbre.

—¡Bravo! ¡Alguien vino! —gritó Winnie.

¡Crriiiiic! Winnie abrió la puerta. Había
una señora muy seria.

—Vengo por la habitación —dijo la señora.

—¡Qué maravilla! —dijo Winnie—.
Eh… disculpe la pregunta, pero ¿es usted
normal?

—¡Creo que sí! —dijo la señora.

—¡Fantástico! —dijo Winnie—. ¿Cómo
se llama?

—Soy la doctora Vruja —dijo la señora.

—¿¡En serio!? —dijo Winnie,
aplaudiendo—. Eso es gracioso porque
yo soy una… ¡Oh! —Winnie se tapó
la boca con una mano.

—Está bien —dijo la doctora Vruja—.
De hecho estoy aquí porque eres una bruja.
Me fascinan las brujas. Tengo la intención
de estudiarte. No te molesta, ¿verdad?

—¡Es tan perfecto como si las babosas
nacieran ya cubiertas de chocolate! ¡Porque
yo quiero estudiarla a usted!

—Pues es maravilloso —respondió doctora
Vruja.

62

—Oh —dijo la doctora Vruja cuando vio la habitación. Tomó algunas notas—. ¡Fascinante! —exclamó—. ¡Fascinante!

—¿Qué cosa? —preguntó Winnie.

—¡Todo acerca de ti! —contestó la doctora Vruja.

—Cielos —dijo Winnie—. Yo no me siento fascinada por usted todavía.

Winnie sirvió un delicioso *soufflé* de huevo de cocodrilo para la cena.

—¡Maravillosamente fascinante! —dijo la doctora Vruja, tomando nota, 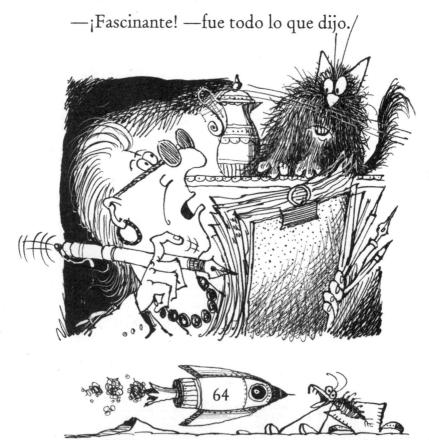 pero no se comió el *soufflé*. Pasó toda la velada observando a Winnie y observando la casa de Winnie y observando a Wilbur. Tomó muchas notas.

—¡Fascinante! —fue todo lo que dijo.

—La gente normal es un poco aburrida,
—pensó Winnie, y se acostó temprano.

A la mañana siguiente la doctora Vruja
le preguntó:

—Winnie, ¿hay una tienda aquí cerca?
Quisiera comprar comida normal.

—¿No le gusta mi comida? —preguntó
Winnie—. ¡Ya sé! ¡Intercambiemos nuestra
ropa y vayamos juntas a la tienda!

—¿Por qué? —preguntó la doctora Vruja.

—Para que usted vea lo que se siente ser una bruja —dijo Winnie—. Y yo pueda verme normal y comprar pastelitos rellenos de mocos.

—¡Qué idea tan maravillosamente fascinante! —dijo la doctora Vruja.

Wilbur tuvo que ir con la doctora Vruja.

—¡Mrriaau! —se quejó.

—¡Te compraré muchos ratones de azúcar! —prometió Winnie.

La doctora Vruja y Wilbur entraron
a la tienda.

—Un sándwich de queso normal,
por favor —dijo la doctora Vruja.

El dueño la detuvo con un gesto.

—¡Oh, no, no otra vez! —dijo—.
¡Fuera de aquí! ¡Tú y tu gato! ¡No acepto
brujas en mi tienda!

67

—¡Fascinante! —dijo la doctora Vruja.

—¡Fuera! —dijo el dueño.

Así que salió. Y entró Winnie.

—¡Buenos días, señora! —dijo
el dueño—. ¿En qué puedo ayudarla?

—¿Puede darme una bolsa grande
de pastelitos rellenos de mocos? —dijo
Winnie—. ¿Y una bolsa de ratones de azúcar?

—¿Pastelitos rellenos de mocos? ¿Ratones
de azúcar?

El dueño miró de cerca a Winnie.
Winnie lo miró con furia tras los lentes
de la doctora Vruja.

—Eh... sí, de inmediato —dijo él.

Cuando el dueño abría el frasco
de ratones de azúcar, la señora Parmar entró
a la tienda con su carrito de compras, y
¡ups! una de las ruedas se atoró en una caja
que movió una vitrina que cayó sobre una
mesa que se convirtió en un subibaja y que
catapultó frutas y verduras por todas partes.

¡Splat! ¡Ping-ping! ¡Boing! ¡Plaf!

—¡Ay, quítennosla! —dijeron los clientes a los que les llovía comida.

—¡Tendrá que pagarme por limpiar esta camisa, señor!

—¡Y por mi ojo morado!

—¡Cielo santo! —dijo el dueño.

Unos ratones salieron corriendo desde los rincones y se abalanzaron sobre la comida. ¡Se hizo un CAOS!

—¡Vayan por nuestra amiga, la bruja
Winnie! —dijo un cliente—. ¡Su magia puede
salvarnos!

—¡De hecho! —dijo Winnie, quitándose
los lentes de la doctora Vruja—. Yo soy
Winnie, la bruja Winnie.

—¡Hurra!

—Pero no me dejan hacer magia en la tienda porque no es normal —dijo Winnie.

¡Splat! **¡Iiiiih!** Los ratones corrían por los pantalones del dueño.

—¡Oh, por favor usa tu magia, Winnie! —suplicó el dueño.

Así que Winnie sacó su varita y la agitó. —¡**Abracadabra**!

Al instante todo volvió a su lugar… excepto
un par de ratones que le sonrieron con malicia
al dueño.

—¡N…n…no me gustan los ratones!
—dijo él.

—¿Quiere que un gato los atrape?
—preguntó Winnie—. ¡Wilbur! ¡Ven aquí!

¡Ting! ¡Salta! ¡Iiiih!

Y así Wilbur comió ratones normales
y ratones de azúcar con su té.

74

WINNIE
patrulla

—¡Ya casi llegamos, Wilbur! —dijo Winnie,
que conducía su escoba sobre el oscuro bosque.

—¡**Uuuuh!** —dijo un búho molesto.

¡**Giro!** —¡Ups! —dijo Winnie.

—¡Miau! —a Wilbur se le pusieron
los pelos de punta.

—Tienes razón, Wilbur —dijo Winnie—.
¡Ese búho debería tener faros! Volemos sobre
la calle del pueblo. Es más seguro por ahí.

75

Volaron sobre la calle principal del pueblo, y de pronto ¡Bang! ¡Crash! ¡Cronch! ¡Tinc! La escoba de Winnie chocó contra la bicicleta de la señora Parmar. Bici, bruja, gato, escoba y secretaria de la escuela cayeron todos ¡plif-plaf! a la calle.

—¡Auch, mi trasero! —dijo Winnie.

—¡Mrrau! —hizo Wilbur.

—¡Eso es peligroso! —dijo la señora Parmar, levantándose para regañar a Winnie—. ¿Y si hubiera sido un camión en vez de una bicicleta?

—¡No la vi! —dijo Winnie.

La señora Parmar puso los brazos en jarras.

—¿Dónde están los faros de tu escoba, bruja Winnie?

—¿Qué faros? —contestó Winnie.

—¡Precisamente! —dijo la señora Parmar—. ¡No tienes faros! Y todo mundo sabe que todos los vehículos deben tener faros. Lo dice la ley.

—¿Y dónde están sus faros? —preguntó Winnie.

—¡Aquí y aquí! —dijo la señora Parmar, señalando—. Oh. Eh… se quedaron sin batería. ¡Pero al menos tengo faros!

Se hicieron a un lado justo cuando
unas luces se acercaban a toda velocidad.

¡**Bruuum!** Un auto pasó zumbando
junto a ellas.

—Cielos—dijo Winnie.

—¡Gulp! —dijo la señora Parmar.

A Wilbur se le erizaron los pelos.

—¡Tenemos que hacer algo al respecto!
—dijo Winnie—. ¡*Abracadabra!*

Al instante, la escoba de Winnie
y la bici de la señora Parmar se
llenaron de luces de colores. La señora
Parmar tenía una luz parpadeante
en el trasero, y otra en cada muñeca.
Wilbur tenía una luz en la cola.
La azotó, molesto. Y Winnie tenía
una luz brillante en la punta
del sombrero.

78

—¡Así está mejor! —dijo Winnie—. Adiós, señora Parmar.

—Adiós, Winnie. ¡Auch! —dijo la señora Parmar cuando trató de sentarse en la bici y descubrió que no era cómodo tener una luz en el trasero.

De vuelta en casa, mientras bebía
tazas de chocolate caliente, Winnie
pensaba seriamente.

—Mmmmh— dijo.

—¿Miau? —preguntó Wilbur.

—Estoy pensando en los pequeños
ordinarios —dijo Winnie—. En el invierno
oscurece antes de que salgan de la escuela.
Creo que todos necesitan luces
centelleantes...

¡Brriiing-trrriiing-zzziiinngg!

—sonó el teléfono de Winnie.

—¿Quién...? —dijo Winnie. Era la señora
Parmar. —Ah, ¿sí? —dijo Winnie—.
Ya veo... sí... tiene razón... sí... ¡adiós!

—¿Miau? —preguntó Wilbur.

—Adivina qué —dijo Winnie—. La señora
Parmar también quiere que los pequeños
ordinarios estén a salvo. ¡Me pidió que sea
su Supervisora de Tránsito! ¡Con uniforme
y todo! ¡Será genial!

A la mañana siguiente, Winnie y Wilbur se reportaron en la oficina de la escuela.

—¿Es bonito el uniforme? —preguntó Winnie.

La señora Parmar le entregó un largo abrigo amarillo brillante y una gorra a juego.

—¡Son un poco grandes! —dijo Winnie.

—Así todo mundo te verá —dijo la señora Parmar—. Aquí está el letrero que usarás para detener los autos. —Le entregó un palo enorme con rayas.

—¡Como mis calcetas! —dijo Winnie.

Por un lado el letrero tenía un gran círculo rojo con un dibujo de niños, y por el otro, una palabra.

—¿Qué dice ahí? —preguntó Winnie.

—Dice "ALTO"' —exclamó la señora Parmar.

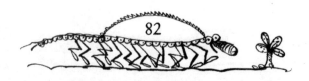

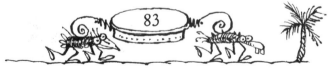

—¿Cree que lo obedezcan? —dijo Winnie.

Salieron a la calle.

—Lo que necesitamos es una de esas cosas con rayas blancas y negras en la calle —dijo la señora Parmar.

—¡Fácil! —dijo Winnie y agitó su varita— ¡Abracadabra!

Y apareció una cebra corriendo por la calle.

¡Biiiiip! ¡Scriiiiiich! ¡Grita-grita!

—No funciona muy bien —dijo Winnie.

—¡No queremos una cebra de verdad! —dijo la señora Parmar, molesta—. ¿No sabes nada de las reglas de tránsito? —gritó, al tiempo que un ruidoso camión pasaba a su lado.

85

—¿Quiere unas ranas de tránsito? —preguntó Winnie—. Puedo conseguirle unas. ¡Abracadabra!

Y de pronto había unas ranas en un auto, conduciendo a un lado y al otro en el tráfico.

—¡No, no, no! —dijo la señora Parmar—. ¡Cielo santo!

¡Bruuuum-bip-bip!

—No creo que sus ideas sean muy buenas,
señora P —dijo Winnie.

La señora Parmar miró a Winnie.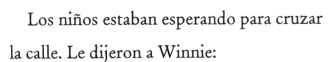

—Sólo usa tu paleta —le dijo.

Los niños estaban esperando para cruzar
la calle. Le dijeron a Winnie:

—Espera que haya un espacio entre
el tráfico. Luego levanta tu paleta y camina
a la mitad de la calle, y los autos se detendrán.

—Está bien —dijo Winnie.

Esperó un momento. Levantó su palo
y se paró en medio de la calle.

—**¡Bruuum-alto!** —hicieron los autos.

—Buenos autos —dijo Winnie. Se paró
con los brazos extendidos como un
espantapájaros y los niños cruzaron
la calle a salvo.

—¡Brillante! —dijo Winnie, y volvió a la banqueta—. ¡Funcionó! ¡Y fue muy fácil!

—¡Buen trabajo! —dijeron los niños.

—Eh… —dijo Winnie—. ¿Dijeron que mi cartel es una paleta?

—¡Todos los llaman paletas porque eso es lo que parecen! —dijeron los niños.

—¡Vaya! —dijo Winnie—. Es una paleta muy grande, ¿no creen?

Winnie sacó la lengua. Lamió su paleta gigante. Hizo una mueca.

—¡**Puáj**! ¡**Guácala**! ¡Horrible! Pero podemos arreglarla. ¡*Abracadabra*!

La señal de ALTO se transformó al instante en un brillante y pegajoso dulce, sabor frambuesa en las partes rojas, limón en las partes amarillas y café dulce en las partes negras.

—¡Mmmmm, mucho mejor! —dijo
Winnie.

Los niños saltaron a su alrededor.

—¿Puedo probar?

—¡Por favor, Winnie, quiero probar!

Pero la señora Parmar alzó la mano.

—¡Compartir paletas no es higiénico!
—dijo.

—Le daré una paleta a cada uno, entonces —dijo Winnie—. Todos cierren los ojos y piensen en su sabor favorito. ¡Abracadabra!

Un segundo después, todos tenían una paleta, incluso la señora Parmar: su paleta era de col con salsa de carne, y la de Wilbur sabía a sardinas. Hasta los conductores de autos tenían las suyas.

92

—¡Mmm, pues qué bien! —dijo la señora Parmar, tratando de sonar molesta pero sin poder resistirse a dar una probadita, y luego otra—. Pero ¿cómo haré para que los niños lleguen a la escuela si les estás ofreciendo dulces aquí? ¡Slurp!

—¡Oh, lo siento! —dijo Winnie—. ¿Qué tal si...?

¡Abracadabra!

De pronto la escuela estaba hecha de
paredes de galleta, con puertas de azúcar
y tejas de chocolate.

—¡Guau! —dijeron los niños, y todos
corrieron a la escuela más rápido que nunca.

—Eh... gracias, Winnie, creo —dijo
la señora Parmar y entró con los niños.

94

—Nos necesitarán de nuevo a la hora de volver a casa —le dijo Winnie a Wilbur—. Estará oscuro. Creo que les daré a los pequeños ordinarios campanas para que todos los escuchen venir. Y luces para que podamos verlos. ¿Tal vez olores también?

Winnie y Wilbur trotaron a casa sobre la cebra, comiendo paletas e ideando nuevas medidas de seguridad. Las ranas se fueron a vivir sus propias aventuras.

Disfruta más momentos mágicos con **Winnie y Wilbur**